달을 따라 길을 걷다

달을 따라 길을 걷다

홍경일 지음

삼원서원

나는 밤하늘의 달이 좋습니다.

밝은 보름달은 아니어도

흐린 날에 가리어져 버린 달의 흔적이라도 좋습니다.

그저 어두운 밤길 나대지 않고 그 자리

우직하니 자기 소임을 다하는 저기 저 달이 좋습니다.

달은 하루를 살아낸 삶에 푸근한 위로를 전합니다.

달은 하루를 살아갈 삶에 묵묵한 응원으로 희망을 전합니다.

가끔은 낮에 뜨는 달로 찾아와 반가움을 전하기도 합니다.

그래서일까요?

언제부턴가 내게는 꼭 살아내고픈 길이 있습니다.

하늘이 주신 은혜를 잘 살아내기를……

은혜를 살아내는 내 하나의 삶이

이런저런 마음들을 작은 글로 담아내며

누군가에게 소박한 선물로 전해졌으면 하는 것이지요.

문득, 하늘로 이사 간 친구를 그리며 긁적였던 글이 있습니다.

그 그리움의 글을 이곳에 적어 봅니다.
……길이 있다는 것은, 살아간 이의 삶이 있음이고
추억이 있다는 것은, 살아갈 이의 길이 되는 것이리라
그래서일까,
누군가 내게 삶의 길을 묻는다면
삶이, 누군가의 길을 만드는 거라 답을 하겠지
그래서이겠지,
누군가 살아낸 삶이, 그리 하늘 아래 꽃을 피우는
민들레의 추억이 되는 것이리라 답을 하겠지……
그저 부끄러운 글이지만,
그 누군가의 삶에 민들레 추억 하나
꽃으로 피어나기를 기도합니다.

2023년 11월
가을의 끝자락에서……

CONTENTS

제1부

달을 따라 길을 걷다

달을 따라 길을 걷다

어두운 밤
산책길에 나서는 아내는
언제나처럼 달을 보고 싶다 합니다
날이 흐려 작은 별 하나도
자취를 감춘 날에는
조금은 실망함이 느껴지지요

문을 열어 나선 길
오늘은 달이 먼저 기다리고 있네요
아마도
달을 따라 걷고 싶은
아내의 마음 편지가
하늘에 잘 도착했나 봅니다

달을 따라 길을 걷습니다
기다린 달을 반기듯 마주하고
마치 연애라도 하는 듯
한걸음 달을 쫓아가고, 때론

뒤따른 달에 눈길 한 번 나누고, 때론
저 강 건너에서 서로를 바라며
나란히 걷기를 반복하지요

달을 따라 길을 걷습니다
아내는 잠시 잊었다가도 달을 찾습니다
달은 그런 아내를 위함일까
초승달로 미소 짓고,
반달로 쑥스러운 인사를 하기도 합니다
때론, 둥그런 달로 환하게 웃어주며 반겨주지요

오늘도 산책길을 나서겠지요
그리고 내일도, 다음의 날들도
하늘을 바라며 잠깐씩 여행을 하겠지요
우린 그렇게 달을 따라 길을 걷다가
달과 함께 좋은 추억 하나 쌓아 볼랍니다

다가가다, 마주 서다

다가가다 보니
봄이 다가섰습니다
마주 서다 보니 그렇게
봄을 마주합니다

먼 듯했는데
멀리 선 나의 조바심이었습니다
볼 수 있을까 했는데 그것은
보지 못한 나의 무지일 뿐이었습니다

문을 열어 한 걸음 다가가니
봄은 이미 내게 다가서 있습니다
마음 열어 한 걸음 마주 서니
봄은 이미 나를 마주하고 있습니다

어둑한 길을 걷다 드는 생각

달빛 아래
어둑한 길을 걷다
문득 드는 생각
햇빛의 자애로움

어둑한 길
외롭지 않게
밤하늘 달 품에
햇빛을 두었다

달은 내게 말한다
어둑한 길
걸을 수 있어야,
어둠 이겨낸 아침을 마주할 수 있다고

달은 내게 말한다
햇빛 받으며 걷는 길
그 길이 있어야,
깊은 밤, 외로움도 버티고 견딜 수 있다고

그리 사는 삶

삶은 누구나 지나는 인생의 길
살아가는 그 길에서
무덤덤하니 만나고
이런저런 이야기를 나누고
반가움에 얼싸안고, 걱정스러움에 멀찌감치 서고
그래서 삶은, 모르는 듯, 아는 듯
깊은 내면의 어우러짐이 아닐까.

길을 지나고 있다면, 그래서
무의미하다 하는 삶은 없지요
길에 남겨둔 삶의 자국들, 설령
바람에 희미해져 가더라도
삶의 향기들이 멀어져가더라도
그 길을 지나는 누군가는, 반드시
서로를 궁금해하는 것이지요.

살아가는 우리는, 살아 있기에
삶의 이야기들 속에 서로를 부대고

그리 웃고, 그리 울고
오글거림과 무덤덤함 속에
그리 느끼며 사는 삶, 그렇게
살아 있기에 사는 길이지요

살아가는 우리, 살아 있다면
서로의 흔적을 남겨 보세요
나 살고 있음이 어떠하든
누군가는 서로의 위로요 용기가 될 것이고
사랑하는 누군가의 기억 속에서
그대는 지워지지 않을 테니

사람들

시간을 거슬러
멀리서부터 찾아 주었습니다

잊은 듯, 접혀 버린 시간 속에
추억은 지나온 그림자로 남았을 뿐
그저 막연한 궁금증과 바람
가끔, 빛바랜 추억 하나
서랍 열어 꺼내볼 뿐이었겠지요
어쩌면, 그마저도 잊히고 있었는지

시간을 거슬러
멀리서부터 찾아 주었습니다

가깝다 하기에는 긴 시간이 흐른 듯
강산의 세월이 흘렀으니
빛바랜 사진 하나에
기억도 가물거렸겠지요
그저 막연한 궁금증과 바람에

우연히 손에 손 맞잡은 전화 한 통
지난 세월 마다치 않고 찾아 준 것이지요

반갑습니다
정말, 고맙습니다

찾아 준 한 걸음이
감사한 모델이 되고
4B 연필 하나 손가락에 끼어 봅니다
추억 그림 하나 그려 봅니다
빛바랜 지난 추억은 가슴에 새겨두고
새로이 그려본 추억 사진 하나는
살아가는 심장에 그려 봅니다

사람들, 사람들, 사람들
만남은 인연이었고, 인연은
하늘이 허락하신 은혜입니다

기억은 길이 되고

사람은 따뜻한 가슴을 가지고 살아갑니다
사는 동안 식지 않는 가슴이 있다면
적어도 그의 삶은 멈추지 않을 것입니다

사람은 따뜻한 기억 하나 가지고 살아갑니다
따뜻했던 작은 기억들이 길이 된다면
척박한 세상에서도 살아갈 힘을 잃지는 않을 것입니다

사람은 따뜻한 눈물 하나 가지고 살아갑니다
앞만 보고 달려가다가 어느 낡은 벤치에 앉아보며
누군가의 위로와 응원과 기다림에 눈시울은 뜨거워지는
것이지요

사람은 가끔, 과거에로의 여정을 살아갑니다
흩어져 있던 좋은 기억의 조각들을 더듬으며
나의 삶이 혼자가 아님을 알게 되는 것이지요

따뜻한 가슴은 따뜻한 기억을 추억하고

따뜻한 기억은 길이 되어 사람을 찾아 추억하고
사람은 다시, 따뜻한 가슴에 눈물을 간직하는 것이지요

가끔은

가끔은 생각이 납니다
지나온 추억의 언저리
흐릿하지만……
그래도, 생각나고
궁금하기도 하고
목소리가 듣고 싶기도……

궁금증에 옛 사진 한번
들추어 볼까 합니다
빛바랜 사진 속에
지금은 찾을 수 있을까요

그래도 지난날
어깨동무하며 웃어대던
추억 속 소중한 벗들이기에
가끔은, 지난 추억 하나 두울
꺼내어 볼랍니다

언젠가
기억이 멈추기까지는
가끔은
떠올릴 내 삶이기에……

추석 인사

새벽을 적시는 빗소리에 걱정을 했습니다
예보를 알지 못했던 비 소식이라
비 오는 추석이 되려나 걱정을 했습니다
괜스러운 염려였나 봅니다
아침을 맞으며 가을 햇살은 드리우고
아침을 지나며 어느새, 비구름은 사라지고
시원스레 가을 하늘은
푸르른 바다가 되었습니다

창을 여니 고소한 냄새가 실려 옵니다
아직 마을은 조용한 듯
소란스러움은 없습니다
아마도, 아직은
정든 집을 향하고 있음이겠지요
아니 온정을 나누느라 소리를 감추었겠지요
추억하니 그때도 그랬었지요
따스함이…… 고소하니 정을 나누는 그곳에 배어 있었지요

가는 세월에 베어 버린 부모님 모습을 뵈오니
아파오는 가슴은 어쩔 수가 없습니다
혹여 오지 못한 형제들을 걱정해 보기도 합니다
아마도 어쩔 수 없음이 있었겠지요
문득문득 보고픈 친구들을 떠올려 봅니다
아직 그곳에 있으려나
아쉬움은 묻어 두고, 그 시절 함께했던
아련한 추억들을 꺼내 봅니다

하늘은 좋은 추석이 되라 합니다
하늘은 푸르름으로 우리들 행복을 응원하고
바람결에 떠도는 하얀 구름은
먼 길 함께하는 동무가 되고
시원한 가을바람은 내게
무거운 근심, 못다 한 걱정일랑 내려두고
가족이란 이름으로 오롯이 채워지기를……

모두들 행복한 추석이 되었으면 좋겠습니다

끝은 시작에게 말합니다

한 해의 끝자락에 서서
나, 지나온 뒤안길
돌이켜 보아야 함은
또 다른 시작을 향하여
해야 할 말이 있기 때문입니다

한 해의 끝이라는 시간이 있음은
누군가를 탓하고자 함이 아닐 것입니다
나 살아갈 인생이란 어깨에
돌 하나 더 얹고자 함도 아닐 것이지요
단지 끝은, 다시 시작을 위할 뿐입니다

끝은 시작의 시간을 토닥거립니다
그리고 끝은 시작을 향해 말합니다
거창함도, 숨이 막힐 것 같은 무엇도 아닙니다
그저 잘 살자고 잘 해보자고 토닥거릴 뿐입니다
조금만 더 힘을 내자며 어깨동무하는 것이지요

한 해의 끝자락에서
크고 둥그런 새벽달이 나를 마중합니다
그저 크고 밝은 얼굴로
새날의 시작을 응원하는 것이지요
잘 해보자고, 조금만 더 힘을 내자고……

바람 불던 날의 일기

1.
잠시 겨울임을 잊었었나 봅니다
겨울다운 한파를 지난 터라
봄날 같은 날들이 쉼터가 되었지요
너무 이른 봄을 기다렸나 봅니다

아직 겨울임을 잊지 말라 합니다
자기에 대한 애증을 지우지 말라 합니다
하얀 눈으로 세상을 덮고
거센 바람을 불어 '나 여기에 있다!' 외쳐 댑니다

2.
몹시도 바람 불던 날
거센 바람에 눈보라 일던 날
반가운 친구가 찾아 주었습니다
늘 고마움을 갖게 하는 친구입니다

잠시 두 부부가 앉아

도란도란 살아가는 이야기를 나눕니다
아픔도 걱정도 나누어 봅니다
너도나도 아내의 짐이 된 듯하여 괜히 미안합니다

3.
어찌 보면 난 외로움을 사는 듯합니다
왁자지껄 대는 소란함도 없습니다
다이나믹한 삶도 아닙니다
그저 있는 듯 없는 듯 흐르며 사는 듯합니다

그럼에도 늘 고마움을 살게 됩니다
무명한 삶의 자리임에도 날 찾아 준
누군가의 발자국이 새겨져 있습니다
모두가 은혜라 이름한 소중한 삶의 기억들입니다

흐르는 대로

1.
거스르려 하지 않는다
겨울 지나 봄이 오고
여름 지나 가을 오고
그저, 흐르는 대로 흘러갈 뿐이다

아마도
흐름을 거부하고
버티려 함이
가장 아프고 힘든 일이 아닐까 싶다

물속 수초들은
흐르는 대로 흔들거린다
꼿꼿하게 세우려 하지도 않는다
흐르는 대로, 바람 부는 대로
그리 맡겨져 춤추고 있을 뿐

2.
눈에 비추인 풍경들은
은혜를 따라
그리 산다는 것에 대한
거룩한 가르침이다

부르신 삶에, 나 깊이 뿌리내리고
하늘이 내려주시는 그 거룩함,
성聖스러운 은혜가 흐르는 대로
내 한 몸 기꺼이 내어드리고, 그분
쓰고자 하신 대로 춤을 추며 사는 것

바람 부는 강가에 앉아
흐르는 은혜를 깊이 마셔본다
흐름을 거스르지 않는
창조의 세계가 그저,
신비로울 뿐이다

연탄

무거움을 벗어 가벼움이 되었다
온몸 가득 올려진 무거움은
마음 열어 가벼움을 얻기 위함이었다
무거움은 내리고 가벼움을 얻었다
시간 속에 벗어 낸 무거움은
사랑하고 위로하는 거룩한 가벼움이 되었다

어둠을 버리고 강렬한 불꽃 되어 피었다
내 생(生) 가득 채워진 어두움은
작지만, 강렬한 불꽃으로 피어나기 위함이었다
어둠 변하여 보랏빛 불꽃 되어 피었다
온기로, 희망으로 스물두 개의 꽃 되어 피어났다
그저 거룩하고 아름다운 영혼의 순결함이었다

그래 그것이 삶인가 보다
무거움을 벗어 가벼움을 입는 것
어두움을 벗어 작은 불꽃으로 피어나는 것
하늘이신 그분의 삶이 그러하지 않은가

우리 그리 살라 하지 않는가

......

세상은 살 만하지 않을까

천천히, 느릿느릿하게

세상을 살아가는 사람들

누군가는 의도함으로 빚어낸 노력을 살고
누군가는 은근함으로 품어내는 매력을 산다
누군가는 의도함으로 속도를 추구하고
누군가는 은근함으로 느림을 살아간다
누군가는 의도함으로 목표를 바라보고
누군가는 은근함으로 삶의 의미를 생각한다

세상을 살아가는 사람들

의도하는 삶 은근한 삶
무엇을 선택함도 그만의 소중함이다
하지만,
자연은 의도함이라기보다는
의도하지 않는 은근함으로 다가옴이 아닐까?
천천히, 느릿느릿하게.

초승달

미소 짓는 네가 반갑다
너를 보는 밤길이
참 오랜만인 듯하다
궁금하기도 하고
기다려지기도 하고

이 밤을 걸으며
너의 손을 잡아 본다
정겹게 길을 걷다가
너의 얼굴 마주하니
밤길이 외롭지 않다

별

나는
그냥
어두운 밤
하늘에 그려진
희미한
별이길
바란다

나는
그냥
어두운 밤
고요함으로
빚어낸
작은 별의
흔적이길
기도한다

햇살의 흔적

나뭇가지 사이로 햇살이 비추인다
푸른 잎새들은 햇살의 흔적을 남긴다
산마루 벤치에 앉아 기웃거린다
부서진 햇살 한 조각 가슴에 담는다
한 조각 하늘빛 흔적이기를 기도한다

물빛누리

하늘 아래
흐르는
저 강물은

흐르고
또 흘러가는
세월에서도

하늘빛을
포기할 수 없다

하늘빛 품어
흐르는 강물은

하늘 아래
물빛 세상을 이룬다

지금이 그렇듯

어제도
그리고

내일
또 내일도

제 2 부
길을 나서야 꽃을 본다

길을 나서야 꽃을 본다

길을 나서야 꽃을 본다
나서지 않는 그 길에서
우리,
무엇을 보려 하는가

꽃은 우리 가는 그 길 위에
드문드문, 흐드러지게
때로는 기다림에 지친 모습으로
그렇게 그 길에 피어 있다

용기 내지 못한
감히 내딛지 못하고
가두어 버린 인생에게는
가는 길, 피인 꽃은 먼 그림일 뿐

우리, 나서지 못한 길
여전히 꽃은 피어 있다
그러나, 꽃들의 위함은

나서지 못한 어느 인생이 아님을

우리, 한 걸음, 한 발자국
흔들거리는 발걸음인들
그렇게 길을 나서보라
그들만이 그 꽃을 누릴 주인공임을

그대, 한 걸음, 나선 걸음으로
그 길을 걸어 보라
꽃들의 주인공이 되어 보라
나서지 않으면 꽃의 주인공은……

채송화

고향 뜨락
앞뜰 한편에
담벼락 밑에
햇볕 드는 양지바른 곳에
그곳이 어디인들
그렇게 꽃 한 송이 피어납니다

그리 크지도 않습니다
맑고 순수함이랄까
자기를 뽐내지도,
자기만 크겠다 나대지도 않습니다
어느 가지에서 시작이 되었을까
가지에서 또 가지로 번져나가며
고만고만한 꽃들이
함께…… 그리도 열심히 피어납니다

하나 두울 심어 놓았던 채송화는
어느새 삶이라는 꽃밭에서

그들만의 아름다움으로
누구 못지않게 피어납니다

그들의 생은 그리 길지도 않습니다
그러나 결코 그리 짧지도 않습니다
누구 하나로 시작된 희생은
하나에서 또 하나로
생명에서 생명으로 번져나가며
붉게, 노랗게, 또 하얗게……
또 다른 꽃으로 피워내기 때문입니다

각시 붓꽃

숲길을 지나며
너를 마주한다
부끄러운 듯
꽃을 피운 니가 있어
참 좋다

가는 길이
외롭지가 않다
그리 부끄러우면서
왜 이리들
마중을 할까

아마도
혼자이지 않아서인 게다
손 내밀면 닿을 듯
그리 더불어 함께이니
부끄러움도 잊은 게다

난, 니가 있어 좋다
별나지 않은
흔한 너여서 좋다
누가 뭐라 해도
너만의 세련됨이 좋다

피고 지고, 지고 피고

4월에 하얀 벚꽃들도
5월에 핀 아카시아도
옅은 향기로 시들어 갑니다

피었다 지어 가고
졌다 다시 피어나고
아마도, 그것이 우리네 인생이겠지요

피었다 핀 채로 남아 있는 것은
삶일 수 없습니다
그저 생명 없는 조화일 뿐입니다
졌다 다시 피어나지 않는 것은
삶일 수 없습니다
그저 그리다 만 그림일 뿐입니다

진실한 삶은
피었다고 교만하지 않습니다
졌다고 낙망하지 않습니다

피고 지고,
지고 피고
피었으면 질 줄도 알고
졌으면 다시 필 줄도 알고
그렇게 살아가는 것이
삶의 진실함이지 않을까요

기다림

기다렸나
눈맞춤에 마주한
꽃들의 미소
반가움에 글썽인다

어디 숨었나
깊은 숨 끝에
실려 온 그리움
숲의 향기가 되었다

안녕이란

안녕이란
인사는 왠지,
아늑한 시공의 아쉬움인 듯
말하지 않아도
너그러움으로 내어주는
깃들어 살아가는 어느 언덕이었기에

안녕이란
인사는 왠지,
그리움을 찾아 떠나는 여정인 듯
추억과 기억이란 어느 세월을 오가며
기꺼운 마음으로 건져낼
흔적을 살아낸 어느 길모퉁이였기에

안녕이란
인사는 왠지,
그럼에도 고마움을 사는 어느 내일일 듯
어제를 넘고 오늘이 흘러

또다시 주어진 어느 내일
거친 심장을 느낄, 생의 고마움이었기에

안녕……
안녕이란
마주하고, 마주하고, 마주하는
삶,
그 신비한 숲을 지나는
키 작은, 어느 인생일 게다

화가 인생

마음 밭에 꽃 한 송이 그려 본다
또 그 곁에 친구들을 그려 본다
우리네 삶이 그러하듯
하나하나 모아내고 엮이어
꽃송이 가득한 삶이 되었다

아마, 누구도 그러할 게다
하나하나 정성스레 색을 덧입히고
덧칠하기를 반복한다
잘 살고픈 마음인 게다
인생이 그러한 게다

작은 내 삶 그리고픈 마음에
의외로 잘 그려내기도 하고
틈새를 비집어 억지로 그려내기도
우린 삶을 그릴 화가 인생을 배워본다
삶은 각각의 다름을 살아가는 것임을

모자람이 왠지, 미안스럽다
그래도 미워하지는 않을 게다
그래도 잘 살려한 열심만은 이해할 게다
그래도 부조화 속의 조화로움을 느끼며
삶이라는 추억 그림 하나 그려내듯
그저 뿌듯함을 느껴보는 작은 시간을 살아갈 게다

부조화 속에 조화를 찾아야 하는
조화로움 속에 부조화가 어우러진
삶이라는 그림 하나에
그래도 소박함을 살아내는
또 하루를 생각한다, 그 속에서
우리 삶도 그리 그려지는 것이겠지

가을

가을
그리 살았나 봅니다
푸른 생을 다해
그리 산 것이겠지요

후회는 없을 겝니다
살아왔으니

그리 살았노라
말하는 것이겠지요
바래고 찢기고 병들기까지
나 그리 살았노라
말을 할 수 있는 것이겠지요

그리 살아왔음을
아마도
아마도 산은 알고 있을 겝니다

후회 없이 살아간
누군가의 삶에
이 가을날
또 다른 작은 삶들이
시작된 것이지요

가을에
우리도
그리 살아야 하겠지요

사그라지지 않을
작은 불씨가 다할 때까지
서늘한 추풍에
요동치고 떨어져
나뒹굴어야 하는 그날까지, 우리
그리 잘 살았노라
말할 수 있을 때까지
……
후회 없이……

가을(2)

바람은 없다마는
가야 할 길이 있었나 보다
사계의 시간을 걷고 흘러
그리 달려 지나온 걸음

그리 쉽지만은 않았나 보다

부서지는 파도의 파편들처럼
너의 거친 호흡은
지나온 세월의 파편이 되었고
살아낸 너의 얼굴을 마주한다

그리 마주 선 바위들처럼

왠지
네가 달려온 세월이 안쓰러워
마음 다해 읊조리며 토닥인다
사계를 지나온 네가 고마워서

그리 살아 낸 네가 고맙다

그리 찾고
그리 기다리고
그리 마주한 너의 거친 시간들
거칠어진 호흡, 뛰는 심장으로 그려낸

손때 묻은 산수화가 되었다

만추晩秋를 지나며

만추의 계절
하늘빛은 물결 따라 흐르고
담아낸 하늘의 은총은
물빛 되어 세상을 향한다

하늘의 노래인가
강물의 울림인가
출렁이는 강물은
하늘의 운율을 그려낸다

코끝 찡해지는
만추의 바람이지만
여전한 하늘빛은
따스함으로 12월을 부른다

따스한 하늘빛이 좋다
만추의 바람이 좋다

노래하는 물결이 좋다
......

동행하는 이 있음이 좋다

11월을 사는 어느 날에

계절의 풍미가 더해 갑니다
어디서, 어디를 향함일까?
산 넘어 불어온 바람은
울림과 두드림 속에
노래 한 소절 읊게 합니다

바람을 느껴봅니다
지직거리는 오랜 LP판처럼
쓸쓸함은,
또 다른 정겨움을 전합니다

11월에 가을은
왠지 분주히 살게 합니다
늦가을 추억을 만나고픈데
찾아온 겨울바람이
아쉬운 이별을 재촉합니다

하루하루 11월을 걷다 보면

어느새 뒤안길이 되어 있겠지요
얼마나 남았으려나
남은 미련에 그 끝자락을 붙잡아 봅니다

못다 한 아쉬움에
조금은 더,
함께이기를 바라봅니다

12월

춥다
살갗을 파고드는 찬바람에
삶의 자리, 마주해야 하는 상황들에
춥다

궁금함이었는데
들려오는 소식들
밀려드는 것은
12월의 찬바람일 뿐

그저 담담히 마주한
벗들의 삶에
왠지 미안함과
쓸쓸함이 공존한다

춥다
내가 마주한 삶도
궁금한 벗들의 삶도

12월의 찬바람을 호되게 겪는다

……

그래도
춥지 않았으면 좋겠다
아직은 따뜻하진 않아도
지나는 봄바람이었으면 좋겠다

그리 지나고 나면
어디선가
새순이 돋고
꽃들은 피어날 테니

1월을 지나며……

차가운 겨울바람 불어
이 세상 얼려버린 듯하더이다

산 깊은 계곡은
여전히 흐르고 있더이다
흐르는 강물은
여전히 바다를 향하고 있더이다

하얀 눈으로 덮여버린
차가운 겨울 산은
마치, 봄날이 오지 않으리라
기대하지 말라 말하더이다

그날에 봄이 오면
눈 덮인 산을 지워내더이다
대지 꿈틀대고, 땅의 생명 움 돋는 그날
그날, 봄이 왔음을 알게 될 것이니

그날에 우린 볼 것이니
흐르는 은혜의 강물은
은혜의 봄날이 되더이다
내 생애 은혜의 봄날은
내 생애 꽃으로 피어나더이다

차가운 겨울,
산 깊은 계곡에 물 흐르듯
하늘이 시작한 은혜의 강물은
우릴 향해 유유히 흐를 것이니

물결이 일듯

살아 있음에
잠든 것은 없다
조용히 숨죽일 뿐이다
생동할 그때를 기다리며……

지나지 않은 세월에
물결이 일지는 않는다
지나는 시공時空을 살기에
삶은 그렇게 꿈틀거린다

살아 있음은 고요함 속에 찾아든다
바람에 떨리는 풀잎 바라보며
가끔은 우리에게
나를 찾는 여정이 필요할 뿐이다

우린, 숨을 쉬고 호흡의 순간을 살며
우린, 삶이라는 물결을
주어진 시간과 공간을 걸으며

온몸으로 마주할 뿐이다

가을을 마주하는 산야는
그렇게 삶이라는 물결을
온몸으로 마주하며
자기의 시간^{時間}과 공간^{空間}을 일렁인다

숲이었으면 좋겠다

나 살아가는 길이
숲이었으면 좋겠다
어떤 상황이라도
늘 그 자리에 있는 친구
모자람이 있어도
그저 품어 안아주는 친구
마음 시끄러울까 봐
묵묵히 감싸주는 친구
외롭고 힘들 때
나 웃으라고
꽃을 피우고
새들이 노래하는……

그리 말없이 품어주는
그 숲에서
나 잠시 쉬어간다

제3부

한 날의 기쁨을 살아

한 날의 기쁨을 살아

오늘……
한 날의 기쁨을 살아
천 날의 행복을
누리게 하소서

그저
스쳐 지나갈……
기억되지 못할……
천년이 아닌

오늘……
영원으로 기약할
한 날의 기쁨을
살게 하소서

아침을 깨워
자리에서 일어나

당신의 인자하심을
바랄 수 있음이

오늘 한 날의
행복임을 알게 하시고
초라할지라도
주의 집에 거하게 하소서

오늘······
하루를 살며
한 날의 은혜를
구하게 하시고

오늘이라는 하루, 한순간
나 숨 쉬는 순간마다
하늘의 능能을
의지하게 하소서

오늘이라는
한 날의 기쁨을
그저 고마움으로
살게 하소서

은혜 아니면……

하늘 아래 새겨진
굵고 선명한 글씨는
하늘을 바라며
하늘을 살아갈
내 삶의 고백이 아니런가

하늘을 살고픈 또 한 걸음
은혜로만 걸어갈
오늘의 순례이기를 바라
십자가를 우러러
내 삶을 모두 드린다

은혜만을 바라는
내 마음 아시려나
하늘의 바람 따라
한 점 구름 떠올라
은혜 아래 자유함을 노래하고

하늘 아래 새겨진 십자가
은혜를 살게 하시듯
그대 하늘의 사람일까
춘풍에 실려 온 꽃이 되어
이 하루도 은혜임을 고백해 본다

길을 위한 기도

오르다 지쳐 포기하지 말게 하소서
가다가 힘들어 주저하지 말게 하소서
오름도 내림도
내 걸어가는 한 걸음의 길이
하늘로 다가가는 한 걸음이라면
그저 감사함으로 걸어가게 하소서
그저 기쁨으로 또 한 걸음을 내딛게 하소서

오르는 그 길이 쉽지 않다하여 머뭇거리지 말게 하소서
가는 그 길이 좁다하여 한숨짓지 말게 하소서
오름도 내림도
내 걸어가는 한 걸음의 길이
하늘로 다가가는 한 걸음이라면
그저 다가가다 다가설 수 있기에
다가선 하늘을 바라며
그저 한 걸음 내디뎌 보는 오늘이 되게 하소서

오르다 하늘을 타고 흐르는 구름을 보게 하소서

내리다 바람을 타고 흐르는 강물을 보게 하소서
어느 하나의 흐름도 억지가 없음을 알게 하소서
그저 주어진 은혜 따라 흘러감을 알게 하소서
그저 다가가다 다가설 수 있기에
오늘도 욕심이 아닌 순전함을 살게 하소서
그렇게 다가가다 다가설 수 있음을 알게 하소서

만추^{晩秋}의 계절에

만추의 계절
그 쓸쓸함이 주는 은혜가 있습니다
한여름의 무성함도 아닙니다
10월의 화려함도 아닙니다
만추를 살아가는 '빈 가지' 됨의 은혜입니다

빈 가지는
나름 살고자 했던, 그 길에 대한
돌아봄의 은혜일 것입니다

빈 가지는
넉넉하지 않지만, 마지막 잎새마저도
기쁘게 내어주는 내어줌의 은혜일 것입니다

빈 가지는
아낌없이 내어준 땅의 수고로움에 감사하며
은혜를 살아내는 고마움의 은혜일 것입니다

빈 가지는
세상살이 요란함은 비워내고
온전히 살고픈 부족함의 은혜일 것입니다

만추의 계절
쓸쓸함을 사는 빈 가지는
그렇게 부족한 믿음을 알고
세상의 하찮음이 하늘의 귀함임을 알고
오늘도 참된 생명에로의 삶을 소망합니다

은혜의 꽃으로 피어나라

어둠에서 솟아난 붉은 여명은
하늘의 은총을 맞이하는 아침의 간절함입니다
어둠 지나 드러난 하얀 그림자는
하늘의 은총을 기다리는 존재의 간절함입니다.

불어오는 하늘 바람에 땅은 응답하고
겨우내 기다림은 은혜의 꽃으로 피어납니다
아무도 모르는 깊은 골짜기에서……
소란함으로 가득한 도심에도……

내 한걸음이 오랜 기다림을 지난다 해도
이곳에 남기신 흔적은 지울 수 없습니다
낮은 자를 향하신 하늘의 지극함은
삶 깊숙이 새기신 지우지 못할 은총이기 때문입니다

어둠 지나 아침을 맞으며
주신 은총에 존재의 간절함으로 노래합니다
내 삶의 한걸음, 오직 감사의 이유이기에

아픔을 지나 은혜의 꽃으로 피어나기를

어둠 지나 더 찐한 분꽃들의 향연처럼
아픔 지나 은혜의 꽃으로 피어나기를
은혜의 꽃으로 피어나 하늘을 노래하기를
그렇게 또, 은혜의 꽃으로 피어나기를

입춘

하늘의 신비는
머무는 것이 아닌
흘러가는 것에 있지요
하늘의 구름이 흘러가듯
푸른 강물도 흘러가고
겨울의 계절 흘러가듯
봄의 계절은
그리 흘러 다가오는 것이지요

하늘 아래 사는 것이라면
아무것도 머물러 있지 않지요
얼었던 강물이
유빙이 되어 흘러가고
얼었던 겨울의 대지도
흘러오는 봄바람에 실려
그리,
먼바다로 여행을 하겠지요

하늘 아래 우리네 인생은
흘러가는 신비로움에
존재함이란 의미가 있지요
일상 속에 배부름을 비우고
일상 속에 소유함을 비우고
따뜻한 채움을 위할 줄 아는
그리 흘러가는 우리네 일상이라면
우린 하늘의 신비를 사는 인생이 아닐까요

가을 하늘

추풍에 흩어 날린
저 낙엽들처럼
나는 삶을 다하나
하늘만이 영원한 숨이기를

추풍에 흩어가는
하얀 구름처럼
나는 흩어 사라져도
하늘의 높푸름은 영원하기를

광명한 하늘 아래
드리어진 희미한 달빛처럼
나는 뒤안길로 희미해져도
하늘빛만이 영원의 시간이기를……

우리들의 삶의 공간이기를 기도한다

길을 묻는 이들에게

우리 살아가는 인생은, 아마도
갈림길을 살아내는 것일 겁니다
곧고 곧은 길만을, 그리 걷고 걸으며
인생을 살아내지는 못할 겁니다

때론 대로에서 갈림길을 만나야 하고
때론 험난한 길을 걸으며 갈림길을 만날 겁니다
반복되는 갈림길에 당황하고
망설여야 하는 순간을 이겨내야 할 겁니다

하지만, 인생을 살아내고 있다면
뒤돌아서지 않을 겁니다
잠시 주저할지라도 멈추지 않을 겁니다
지금의 선택을 응원하며, 우직하니 이어 갈 겁니다

설령, 어긋난 길일 수도 있겠지만
살고자 하는 삶이기에 어긋남마저도 극복해 낼 겁니다
그리 살아가고 살아내다, 내 오른 길 돌아보면

그래도 잘 걸어왔구나, 자신을 쓰담거릴 겁니다

우린, 오늘도 갈림길 앞에 서 있을 겁니다
우린, 오늘도 선택할 어느 길을 고민하고
어긋나지 않기를 간절히 기도할 겁니다
그래도, 하늘 아래 의미 있는 나의 생이기를 바라며
그래도, 꽃 피어낼 가치 있는 나의 삶이기를 바라며
우린, 또 갈림길 앞에서 그 망설임을 이겨낼 겁니다

갈림길 앞에 선 우리 인생을 응원해 봅니다
망설임을 이겨낼 저들의 삶을 응원해 봅니다
그리고 다한 삶의 끝에 만날 대견함을 꿈꾸며
그 길의 끝을 소망하고 기도해 봅니다

아이야 '로아에게'

1.
아이야
방긋하게 미소 진 너의 얼굴은
태초의 기쁨을 담은 듯
너의 얼굴을 보는 내내
마음마저 웃고 있구나

언제였을까
그 처음의 시간

하늘의 생명을 담아
빚어 지으시고
숨을 불어넣으신
하나님

아마도 그렇게
너를 보며, 너처럼

방긋이 웃고 계시겠지

2.
아이야
어느새
너의 두 손은
하늘의 신비를 담은
이쁜 꽃받침이 되었구나

검게 빛나는 두 눈은
하늘의 해가 되고 달이 되고
홍조 띤 너의 얼굴엔
하얀 구름과 별들이
하늘빛을 머금었구나

이쁜 꽃받침이 되어버린
너의 두 손마저 곱디 곱구나

떨어질세라 고운 얼굴
애지중지
널 바라보시는
하늘 그분의 마음이겠지

3.
아이야
하늘의 꽃이어라
푸른 하늘에 피어낸
하얀 구름들처럼
한 송이
하늘의 꽃이어라

밤하늘
초롱이 빛나는
별빛들처럼
작은 촛불이어라

깊은 산과 들
이쁘게 피어난
들꽃들처럼
하늘의 기쁨이어라

제4부

그 리 움

그 리 움

1.
인생이라면
지나온 그리움을
피할 수 없다

팔순의 노모가
빛바랜 사진첩을 뒤적거린다
지난 삶의 흔적을 쫓는다

파릇한 세월 함께한 친구들을 그리워하고
코흘리개 자식들 그 시절을 추억하고
주름진 얼굴에 환한 미소를 그려낸다

2.
엄마의 그리움을 바라본다
어린 시절 흐릿한 기억을 더듬어 본다
빛바랜 사진 되어 시절의 그리움이 되었다

시골집 툇마루 기어 내리던
어느 소풍날 풀밭에 앉아
꼬꼬마 누이와 남긴 흑백사진 하나

이 나이에 엄마를 닮는가 보다
빛바랜 흑백사진 떠올리며 지금,
지나온 그리움을 살아본다

3.
인생은
살아온 그리움이 있기에
오늘을 고마워하는가 보다

어느 갤러리에 걸린
어느 작가의 그리움에
나의 그리움을 더해 본다

지나는 세월에 점점 흐릿해지지만

살아낸 삶이 있기에
지금, 웃으며 그리워하는 것이리라

고향 생각

1.
이맘쯤이 되면
마음 깊은 곳
외로움이 자리한다
아마도 고향을 향한
그리움일 게다

벌써 서른을 넘어버린
이별의 세월
나, 갈 수 없는 곳 아닌데
늘 마음 한편에 묻혀 있다
뛰놀던 골목골목
함께했던 어린 시절의 동무들……
지금은 어떤 모습으로 남아 있으려나

2.
이맘쯤이 되면
쓴웃음 한번 지어본다

가는 세월이려나 생각해 보지만
아니, 아마도
마음의 그리움일 게다

내 고향, 내 그리움……
아마도 어머니일 게다

어머니를 뵈면
마음이 늘 아쉽고 또 아프다
자꾸 늘어만 가는 주름살에
흔들거리며 힘겨워하는 걸음에
자꾸 잃어버리는 기억들에
그럼에도 잘 찾아뵙지 못한 세월에
그저 가슴으로 울어볼 뿐이다

고향이 그립고
어머니 품이 그립다

어머니의 등

'애들 왔니?'
궁금한 어머니의 외침이다
난간에 기대어 선 어머니는
휘청일세라 꼭 붙잡고
기다림과 반가움으로 바라본다
오르는 한 걸음이 힘겹지만
그 한 걸음을 마다하지 않으신다
오랫동안 마주하지 못했던
자식들을 향한 사랑인 게다

앉으신 어머니 등허리에
내 손 가만히 얹어 본다
구석구석,
어머니 등허리에는
세월이 담겨 있다
그저 살아온 세월을 쓰담아 볼 뿐이다
살아온 세월에, 나는
세월의 미안함을 전할 뿐이다

'그만해?'
살짝이 고개를 돌리며 말씀하신다
이미 깊어진, 주름져 버린 어머니 얼굴
얼마의 세월을 이렇게 마주할 수 있을까?
걸음조차도 힘겨워하는 어머니
하지만, 여전히 어머니는
자식에게 기대려 하지 않으신다
걱정하는 아들에게
당신은 염려하지 말라 하신다
도리어 너희들이 걱정이라며
깊은 한숨을 내쉰다

어머니,
그 이름은 평생 자식 사랑인가 보다

엄니 만나는 날

엄니 만나러 가는 날
난 왠지 들떠 있습니다
하루 이틀
엄니 뵈러 간다는 생각에
난 왠지
엄니가 더 그리워집니다
못다 한 시간이 죄스럽고
얼마 남았을지 모를 시간들에
자식 된 마음은 조급하기만 합니다

문을 여는 소리에
엄니가 웃으십니다
늘 오지마라 하시면서
또 그리 기다리시고
맞아 주십니다

침상에 걸터앉은 엄니 곁에
털썩하고 앉아봅니다

엄니 손 위로
내 손을 포개봅니다
힘 빠진 다리를 주무르며
그저 건강하시기를 기도드립니다

울 엄니가 옛 기억 떠올리며
차가운 냉커피 한 곱보 채워 놓으셨네요
아이고……
그저 그 옛날 기억 떠올려 주신
엄니가 고맙습니다

그저 건강하소서
그저 조금 더 자식들 곁에
계셔 주소서

엄마가 생각나서

시간을 보려 전화기를 들었다
몇 자 적어 놓았던 글에
엄마가 생각난다

세월이 그런가 보다
엄마 향한 그리움인가 보다
엄마 생각이 많아진다

세월의 흔적들이
짙어만 간다
자꾸, 마음이 조여 온다

늘 같은 마음으로 소원한다
이미 가버린 시간을 어찌하겠나, 그저
엄마 곁에 함께할 시간을 바란다

백세수百歲壽를 사는 세상이라는데
조금 불편하지만 아프지 마시고
강산이 변하는 시간만큼, 지났으면 하는……

가끔은 아버지가 보고 싶다

아버지가 그리워진다
다시 볼 수 없는 세월이
삼십여 년이지만
어느덧 나이 들어
아버지 나이 되어가다 보니
가끔은, 자주 아버지가 보고 싶다
어디 찾을 곳이라도 있으면 찾아가련만
한탄강, 흐르는 강물만이
그리운 아버지 불러보게 한다

늙어만 가시는 엄니를 그린다
왠지 무너져가는 듯한 엄니 모습에
자꾸 아버지가 그리워진다
당당한 모습으로 남은 생生 살아가시길
두 손 모아 간절히 바라지만
당당했던 엄니의 삶, 가는 세월에 잊혀만 간다
흐르는 강물 바라보며

괜스레 아버지를 불러본다
......
아버지, 엄니 어떻게 해요?

제5부

그 길을 걸어갑니다

그 길을 걸어갑니다

하늘 아래 피어오르는 구름을 보며
꽃길 아닌 은혜의 길을 바랍니다

벌써 일곱 해의 고개를 넘어갑니다
노심초사勞心焦思 조심스러운 내 한걸음이었지만
언제일까? 어디서부터일까?
하늘은 그렇게
버티고 견딤으로 은혜를 살게 하셨습니다
꽃길 아니지만, 은혜를 살게 하신 것이지요

하늘은 내게 또 다른 고개를 마주하게 하십니다
가보지 않은 길이기에 온전히 홀로 선 막막함입니다
답답한 상황에 그저 한숨만 내쉴 뿐이었지요
하지만, 하늘은 또 그렇게 알게 하십니다
혼자가 아닌 함께함이라는 은혜를 살게 하십니다
꽃길 아니지만, 변함없는 은총을 살아가게 하신 것이지요

하늘 아래 피어오른 구름은
꽃길 아닌 오늘 주실 은혜를 바라게 합니다
캄캄한 어둠길 걸으며 마주한 달빛은
혼자가 아닌 함께함이라는, 그저 고마움을 살게 할 뿐
이지요
나, 세상의 꽃길은 아니지만
세상이 줄 수 없는 은혜로운 그 길을 걸어갑니다

살며 사랑하고
살며 감사하고
살며 위로하고
살며 찬송하고

7월을 지나며…

여전히 이글거리는 태양처럼 왠지 치열한 7월을 산다
삶을 위함도 꿈을 위함도 아닌
그저 오늘도 난 생존을 위해 싸우고 있는 듯……

찾아든 육신의 아픔에, 잠 못드는 밤을 이루고
너무도 오랜 세월 위축된 자세는
모든 것을 딱딱하게 굳혀 버렸다

육체의 아픔에 내 영혼이 병들었나 놀란 마음에 뒤돌아본다
채우지 못함에, 찾지 못함에 그리고 살아내지 못함에
내 영혼, 목마름에 잔뜩 쪼그라들어 버렸다

하나 두울 기지개를 펴 본다
잔뜩 구부러지고 꼬아진 것들을 바로 펴내기가 쉽지 않다
엄청난 고통…… 깜짝깜짝 몸은 경기를 일으키고
아마도 하루 이틀 아닌 오랜 싸움이 될 듯

하기사 벌써 굳어 버린 세월이 얼마인가

목마름에 찌든 내 영혼 얼마의 시간들이 필요할까
또 얼마의 수고함이 있어야
골을 내고 하늘의 은혜를 담아낼까

조급함은 금물임을 깨닫게 함인가
아님, 지금도 여전히⋯⋯
하늘의 은혜가 필요함을 알게 함인가

가빠지는 호흡 허우적대는 심장에
슬로우 슬로우⋯⋯ 릴랙스 릴랙스⋯⋯
그저 오늘도 은혜 아래 버티고 견디며⋯⋯
그리고 작은 삶의 소망 하나 얹어 본다

흘러가는 샛강 하나
하늘을 타고 흐르는 은혜의 파열음에
너무도 행복해 하는
자그마한 오늘을 꿈꾸어 본다

긴 여름날의 기도

1.
어느 해보다 긴 여름날
아직 오지 않은 새벽임에도
어둠 한 편에 아픔은 나를 일으켜 세운다
어둠 속 잔잔히 흐르는 멜로디
내 아픔과 지침을 뒤로하며 나는,
조용히 타오르는 촛불이 된다

하늘은 긴 여름날을 지나며
아픔보다 더한 아픔을 돌아보게 한다
아마도 내 아픔이 있지 않았다면
얼마나 진심을 심을 수 있었을까
전혀 다가오지 않은 아픔에 그저
스쳐 지나가는 바람이었겠지

하늘은 긴 여름날을 지나며
내 아픔의 자리에서
더한 아픔을 살아가는 누군가를 기억하게 한다

하늘은 긴 여름날을 지나며
내 불편함의 자리에서
더한 세월 그 불편함을 살아가는
그 누군가를 위해 깊이 기도하게 한다

그들의 아픔을……
그들의 상처를……
그들의 고통을……
조금이나마 몸으로 느끼면서……

2.
내 아내의 속삭임이 들려온다
마음을 두드리는 하늘의 소리가 된다
하나님이 당신을 아파하는 이들 위해 쓰시려나
그래서 지금 그 아픔을 살아가게 하는가
나는 조용히 겸허한 마음으로 끄덕인다
하늘 향해 감사의 기도를 올리운다

하늘은
병상의 삶을 보내며
순간을 기도하게 하셨다
긴 여름날을 지나며
하루하루 그 아픔 속에 살아가는 이들
그 아픔의 자리에 이렇게라도
작은 마음 담아 기도의 분꽃이 되게 하신다

아직 끝나지 않은 여름날
아직 아픔에 긴 여름을 지나지만
그럼에도 행복한 것은
더한 아픔과 고통을 살아가는 이들
더한 불편함의 세월을 살아가는 이들
그들의 삶 한 편에서 기도할 수 있음이 아닌가

긴 여름날을 지나며
놓칠 수 없는 행복의 끝자락을 붙잡는다
단 한 번도 외면도 거절도 하지 않으신 그분

오롯이 십자가로 품어 사랑하셨던 그 길

지금, 나는, 아직, 저 먼발치에 서 있다
불어온 모래 폭풍에 그 길 가리어져 있지만
깊이 새겨진 그분의 발자국을 찾고 찾으며
언덕을 넘고, 골짜기를 지나련다
언젠가 때가 되면
하늘가는 그 길, 그 끝자락에서
오직 하늘이신 그분 뵈올 수 있겠지

긴 여름날을 지나며……

우린 늘 그렇게

1.
우린 늘 그렇게
빚을 지며 사는가 보다

누군가 인생을 묻는다면
빚을 지며 사는 것이라 말하겠다
어느 누가 빚지며 살고 싶겠냐마는
나는 늘 빚을 지며 살아가니
어쩌겠는가
그것이 우리 인생이 아니런가

그래도 고마운 것은
내 미안한 마음에 나무라지 않는다
오롯이 마음 따뜻한 사랑만이
내게로 전해질 뿐

2.
우린 늘 그렇게

빚을 지며 사는가 보다

누군가 인생을 묻는다면
빚 갚으며 사는 것이라 말하겠다
내 살아갈 인생의 시간이 얼마일까
내게 흘러들어 온 그 따스함이 얼마련가
감히 헤아릴 수 없음이니
다한 세월을 산다 해도
여전히 빚진 자의 인생이 아니런가

그래도 고마운 것은
빚 갚으라 재촉하는 이 없다
그저 묵묵히 응원하며
기도의 손을 모을 뿐

우린 늘 그렇게
빚을 지며 사는가 보다

가을 일기

하루 종일 비가 추적거리는 날
왠지 모를 마음의 눈물을 느낀다
하늘을 가리운 먹구름은
왠지 두려움이 되고
쓸쓸히 내리는 가을비는
마음 깊은 곳에 슬픔이 된다

쓸쓸히 바람에 밀려온
두려움이랄까
이미 맡겨진 인생임에도 내 것인 양
생의 모든 것이 하늘에 있음에도 내 것인 양
밀려온 두려움을 거부하지 못한 채
쓸쓸함으로 두려움을 마주한다

두려움에 흔들거리는 마음
쓸쓸함에 젖어드는 눈물
죽음이 멀리 있지 않은 생을 살면서
죽음보다 더한 두려움이 되는 것은

평생을 사랑으로 사신 어머니
그분의 마음 깊은 곳에
지울 수 없는
무덤으로 남지 않기를 바람이라

흘러간 세월이 남긴
주름진 어머님의 얼굴이
가을바람에 실려 마음에 찾아든다
늘 자식 걱정
아픔과 싸우고 있는
못난 아들 걱정이다
뭐가 잘 났다고

하늘의 뜻을 묻는다

하늘은 푸르고 온 세상이 하얗다
꽃 피는 봄날의 문턱이라 하는데
엄동설한
하얀 눈꽃으로 문턱을 넘는다

밤새 내린 눈에 하늘빛은
세상을 더욱 환히 비추건만
봄날의 문턱을 넘는 누군가는
시리고, 아리고, 긴 한숨뿐이다

하늘을 우러르며 하늘의 뜻을 묻는다
무너지는 가슴에 눈물을 삼킨다
그저 나 하나이기를 바랐는데
그저 나만이 견딜 홀로 선 섬이기를 바랐는데

나 하나 바라고 온 사랑이여
그저 미안하고 미안할 뿐

그 가녀림에 이 아픔 또 어떻게 견디어야 하나
그저 하늘의 은혜를 구할 뿐

은혜의 길

나 은혜의 길 걸으렵니다
빛 되신 주님 손 붙잡고
은혜의 길만 걸으렵니다
두렵습니다
버겁습니다
그러나 주님 계시기에
이 또한 감당하렵니다

나 은혜의 길 걸으렵니다
빛 되신 주의 길 따르며
은혜의 길만 걸으렵니다
감사합니다
노래합니다
주님이 주인 되시기에
이 또한 감당하렵니다

나 은혜의 길 걸으렵니다
친구 되신 주님과 함께

은혜의 길만 걸으렵니다
안개 낀 언덕
가보지 않은 길
함께하신 주님이시기에
이 또한 감당하렵니다

결코, 혼자가 아니게 하시는
나의 주님과 함께
이 또한 감당하렵니다

삶

삶……
내가 살아가는 삶의 이유는
단 한 가지, 은혜입니다
살다보니, 이러쿵 저러쿵
흔들어대는 소란함 있어도
언제나 그렇듯
나는…… 오늘도……
늘 은혜일 뿐입니다

삶……
그리 은혜 아래 살다 보니
어둑한 언덕길 오르며
아무것도 할 수 없는 빈 마음에도
그저 멀뚱멀뚱 하늘을 바라봅니다

어디선가 날아온
작은 홀씨에도
그저 작은 소망 하나……

바람에 실려
스며든 홀씨처럼
나 어딘가 심어졌으면……
하늘 바람 타고 그 어데
은혜의 꽃으로 만나지기를……

지금 나는, 그리 은혜의 길을 걷습니다
힘겹고, 버겁고, 지치고
아니었음 하는 간절함 있지만
나 살아가는 그 길이 은혜이고
지금 그리 은혜를 걸어가고 있는 겁니다

아직은 힘겹습니다
아직은 버겁습니다
어찌할꼬? 염려함이 파도처럼 밀려옵니다
그러나 그럴지라도, 그래도 은혜의 길
우직하니, 조금 더, 잘 걸어보렵니다

오늘을 감사하며

소망은 내일에 있음이 아닌
오늘에 있음이 아닐까
오늘을 살지 않는 소망은
내일의 의미를 담을 수 없지 않는가

아직 피어나지 않은 내일
간절한 바람의 믿음이겠지만
오늘을 견디어 내지 않은 믿음은
내일의 믿음으로 심어질 수 없지 않는가

소망의 진실은
오늘의 어떠함에 있음이 아닌가
믿음의 중심은
오늘을 사는 신실한 은혜의 흔적이 아닌가

이런저런 복잡한 내일에 대한 생각들
우리 살아가는 일상일 수 있겠지만
이런저런 복잡한 상념의 시간 속에

마땅히 남겨져야 할 은혜의 흔적이 없다면

소망으로 내일을 맞이함은
마주하며 살아가는 오늘이 기적이어야 하리라
믿음으로 달려가는 오늘의 한걸음이
'감사'라는 이름으로 새겨진 삶의 흔적이어야 하리라

감사함으로 고백하는 은혜의 흔적이 없다면
소망의 내일을 바랄 수 없는 것
오늘을 사는 시공時空의 생애生涯
고마움으로 고백하지 않는다면 그 믿음은 거짓일 뿐

소망의 진실
믿음의 가치
오늘을 기적으로 인정하는 것이리라
오늘을 고마움으로 맺어가는 것이리라

아내를 위한 기도

주님,
늘 혼자가 아님을 알게 하소서
세상의 염려에 흔들리지 말게 하시고
늘 언제나, 늘 가까이에서 함께하시는
주의 은혜로 담대하게 하소서

주님,
오늘도 혼자가 아님을 알게 하소서
하늘 아래 주의 사람들을 보내시고
하늘 아래 곳곳에서, 같은 마음으로
함께 아픔을 나누게 하심을 알게 하소서

주님,
오늘도 혼자가 아님을 알게 하소서
맞서 싸워가야 하는 그 길에서
목자 되신 하나님을 의지하게 하시고
그 지팡이와 막대기로 안위하시는 주님을 신뢰하게 하소서

주님,
오늘도 혼자가 아님을 알게 하소서
나 홀로 서야만 하는 모든 삶의 상황 속에서도
결코, 혼자가 아님을, 함께임을 알게 하소서
나를 붙드시고 그 길로 인도하시는 주님만을 경험하게
하소서

주님,
오늘도 혼자가 아님을 알게 하소서
늘 나와 함께하시며, 늘 나와 동행하시며
불어대는 바람에 흔들리지 않도록
나의 마음과 생각을 지키심을 알게 하소서

아내와 걷는 길

늦은 저녁
어둠이 드리운 길을
아내와 걷고 있습니다
허리춤에 올려진 아내의 손은
힘겨움을 버티고 견디고 이겨내고자 하는
아마도 아내의 간절한 마음일 겁니다

살갗에 와닿는 서늘함은
계절답지 않습니다
살펴야 하는 아내의 심신이기에
답지 않은 찬 바람은 걱정스럽습니다
나의 시선은 조심스레 걸음을 옮겨가는
아내의 발자국을 향합니다

밤하늘 아래 아내와 걷는 길
이쁘게 피어난 초승달을 마주합니다
어쩌면 그리 이쁘게 피어났는지
아마도 힘겨운 삶 속에서도

바라보아야 할 하늘을 잊지 말라고
이쁜 하늘 꽃으로 피어난 것이겠지요

아내와 걷는 길
아내와 걸어가야 하는 길
아마도 나는 가깝지만
그저 먼발치에서 지켜보아야 하는지도
하지만, 힘겨운 여행을 마칠 즈음이면
하늘을 쫓아 피어난 꽃이 되어 있을 겁니다

치매

꽃이 시들어 간다
꽃잎은 떨어지고
남은 잎 얼마려나
꽃의 아름다움은 열흘이라는데
꽃으로 살아온 팔십 인생

가신 이 그리움일까
그 빈자리에 기댈 언덕이 없다
얼마나 남았으려나
시든 꽃잎조차 보이질 않는다

누군가는 하늘에서 아린 가슴에 울고
누군가는 땅에서 불효의 아픔에 눈물 젖는다

앙상한 줄기에
꽃은 시들어 생명조차 희미하다
소녀 같은 웃음 사라져 가고
그저 먼 하늘만 바랄 뿐

다녀온 걸음이 너무 무겁다
꽃을 보려 했는데
남은 꽃잎조차 없다
그저 이리저리 나뒹굴 뿐

어이하려나
이 또한 인생인 걸
그저 남은 생의 언저리
기억될 아름다움이 있었으면 좋겠다

WE - RACLE

한 사람을 살아가게 하는 그 기적을 아시나요

인생의 불행은 그 기적을 모르기 때문이겠지요
지금이라는 시간, 여기라는 공간
여전히 기적을 모른 척하는
어리석은 나 때문은 아닐까요

그 기적의 이름은 누군가가 아닐까요

나를 위해 나보다 더 아파하던 누군가
나를 위해 나보다 더 눈물짓던 누군가
여전히 포기하지 않고 손잡아 주던 누군가
지치고 상한 시간 속에서도 여전히 함께 걸어주던 누군가

그래서 그 기적의 이름은 우리가 아닐까요

부모요 형제요 가족이라는 우리
친구요 동기요 동창이라는 우리

이름도 얼굴도 알지 못하는 우리
전화해 주고, 찾아가 주는 우리

아마도 하늘은
누군가라는 이름을 통해
당신의 살아계심을 증명하고 있는 것이겠지요
그래서 누군가라는 이름은 기적을 살고 있음입니다

아마도 하늘은
우리라는 이름을 통해
여전히 함께하심을 증명하고 있는 것이겠지요
그래서 우리라는 이름은 하늘의 기적을 누리고 있음
입니다

달을 따라 길을 걷다

초판 발행일 | 2023년 11월 27일

지은이 | 홍경일
펴낸이 | 김영명
펴낸곳 | 삼원서원
　　　　　주소 _ 강원도 춘천시 동면 거은골길 24
　　　　　전화 _ 010-3888-3538
　　　　　이메일 _ kimym88@hanmail.net
등　록 | 제 397-2009-000004호
보급처 | 하늘유통
　　　　　전화 _ 031-947-7777
　　　　　팩스 _ 031-947-9753

ISBN | 978-89-968401-8-3 03810

값 **10,000** 원